JN101976

春の帰還

笹井勝利
SASAI Katsutoshi

文芸社

首元に朝の冷気を感じながら、直治は裏庭に降り立つ。夜半の雨は明け方前には上がり、土を黒く染めて、その跡を残していた。

沓脱石の足元に、俊哉の誕生を祝って植えたギボウシがある。今では一段とその株廻りを大きくして、過ぎた歳月を感じさせた。今朝もその幾枚かの葉に水玉を乗せ、銀色の光を放っている。そのギボウシも、今となっては見るたびに往時が思い出され、愛おしくも切ない存在となってしまった。

早朝、何一つとして動く気配のない庭で、ただボーッとして佇む。今の直治には、そうして居ることが一番に心休まる時間であり居場所であった。四月に一重の黄花を咲かせた山吹も、今は小粒な実をつけ、花の名残を留めている。未明の雨に若葉の緑を一段と際立たせ、風に光るブナの若葉。その木肌には幾筋もの雨跡を残している。雪消えをじっと待って咲く赤の雪割草、黄の水仙、白のモクレン。やがて五月になれば、濃い紫の菖蒲が清楚な佇まいで咲く。すると、示し合わせたように紫の花が次々に顔を出す。短い春に今か今かと出番を窺い、時と知れば競って開花し、春を謳歌する。そんな春を一番心待ちにしていたのが恵美である。

妻の恵美が逝って一年が過ぎた。三年前に春山遭難で一人息子の俊哉を亡くしていた直治は、独りになった。草木が華やぐ季節の春は直治にとって鬱陶しく、恨めしい季節になった。

「今日もまた始まるか……」

朝を迎えても、直治にはやるべきことが何一つ浮かんでこない。生活実感が持てないままに、無為な日々と自覚しつつ過ごしている。この一年ほどの間に、直治の髪や肌、そして動作一つにも老いが目立つようになった。目鼻立ちからくる表情にしても、往年の鋭さは感じられない。庭の南隅に、陽当たりのよい一坪ほどの花壇がある。主を失った花壇は、長く伸びた雑草が目立つ。そんな荒れた花壇の中に、芍薬が三本、太い茎に小さな蕾を付けていた。色づき膨らむ蕾に、嬉々としていた恵美の弾んだ声が耳に残る。直治の体に小さく震えが走った。

六十七歳の直治は追憶の世界から抜け出せずに、日常の多くを傍観して過ごした。そこには孤独から逃げ込める、直治だけの世界があった。そんな直治には、今も心の整理が付かず、拘泥していることがある。それは一枚の写真にあった。死期を覚悟した恵美が直治に託した封筒に、それは入っていた。写真の裏には、二十文字にも満たない走り書きがあった。そこに書かれた一文は、直治の心にもやもやとした疑念を生んだ。文言の真意に拘泥すればするほどに疑念は深まり、そんな自分が情けなく疼くような心の痛みを伴った。

ある夜、直治は俊哉の夢を見た。俊哉が岩場に立ち、直治を手招きしてピョンピョンと岩場を飛び跳ねている、まるで猿である。

「危ないぞ」

直治は大声で叫んだ。その声で目が覚めた。夜明け前の静寂はたちまち直治を疑念の渦中に引き込み、逃れようもなかった。一刻も早い夜明けを願い、未だ薄暗い障子戸を覗いては、寝返りを繰り返した。そんな中で、恵美の囁く声が聞こえた。

「お父さん、忘れないでくださいね。俊哉が待っていますよ……可哀そう……。

早く連れ帰ってくださいね……」

春を迎えて恵美の催促である。五輪山で滑落死した俊哉の遭難事故から三年目の春を迎えていた。直治は、恵美との約束を改めて思い返した。

それは俊哉の葬儀から二カ月ほどが経った七月のことであった。幾重にも連なる山稜の背後から沸き上がる入道雲が夏の到来を告げている。

俊哉のいない生活にも慣れ、以前と変わらぬ日々を取り戻したかに思える朝であった。仏前に正座した恵美が、籐椅子に座る直治に声をかけてきた。

「お父さん、私、一度でいいから〝俊哉の沢〟を見てみたいの……どんな所でしょうね」

恵美の眼差しは俊哉の遺影を見つめたままである。直治夫婦は俊哉が滑落した沢を〝俊哉の沢〟と名づけていた。しばらくして恵美は、何ものかに突き動かされたかのように、改まった口調で話しかけてきた。

「お父さん、大事なお願いがあります。

俊哉が、あの沢でずっと私を待っているのです……。お願いですから、私を山に連れてってください……お願いします」

五輪山の奥山で彷徨する俊哉の魂を自分の手で連れて帰りたい、という母親の哀願であった。直治は事故当日のことを今も鮮明に覚えており、一時も忘れることはない。

滑落事故は三年前の五月二十九日であった。俊哉の遭難連絡を受けた地元の捜索隊は、その日のうちに遺体を麓の温泉小屋に搬送し、仮安置した。直治達は翌日に遺体を自宅に引き取った。しかし恵美は俊哉の魂が今も山中を彷徨して、家に帰りたいと訴えてくる、そんな夢を幾度となく見るという。

「分かった。春になったら俊哉を迎えに一緒に行こう……。それまでに、お母さんも元気にならんとね」

恵美に約束した。

恵美は安堵し、紅も引かぬ唇に微かな笑みを浮かべた。久しく忘れていた笑顔である。この山行きの約束は、夫婦の目標となった。しかし俊哉の死に強いショックを受けた恵美は塞ぎ込む日が多くなり、体調を崩していった。その後も容態はすぐれず、同じ年の秋、闘病生活に入った。一カ月ほどの入院生活の後、自宅での闘病に切り替え、直治と二人、静かな日々を重ねた。

俊哉の遭難事故死から二年後の同じ春、恵美は約束事を残したまま、俊哉を追うように、短い人生を閉じた。

俊哉を失った傷もまだ癒えぬ直治に、恵美の死は大きな衝撃であった。恵美と共に築いてきた家族、そのすべてが瓦解してゆく虚しさを一身で受け止めた直治は、孤独であった。恵美を失って痛感したことがある。

（恵美や俊哉を失った今の自分には、家族に代わり得るものが何もない）

直治は家族が崩壊してゆくさまを目の当たりにして、独り閉じ籠るほかなかった。

恵美の死から一年余りが経ち、再び春が巡ってきた。閉じ籠る直治の心に、変化が生まれていた。それは俊哉の命日、五月二十九日の山行きにあった。

久し振りの山行は、直治を雑念から解放した。恵美との約束ごとが一刻であれ直治を覚醒させた。しかし、この山旅が済んだ先に、なすべき目標は何もなかった。

今朝も遺影に向かい正座する。何か言いたげな気配を遺影に感じた直治は、改めて微笑む恵美を見た。静かな時間が過ぎてゆく。

直治は穏やかな口調で遺影に話しかけた。

「母さん、待たせたね、今日は五月二十七日だ。明日、俊哉を迎えに行ってくるよ……。約束通り、お母さんも一緒だよ……。もう三年も経ってしまったが……待たせてごめんな」

(行くのですね、気を付けてくださいね)

「うん、行ってくるよ。里枝さんのこともあるから……里枝さんも気にしていたから。俊哉もきっと安心するだろう」

〝俊哉の沢〟への鎮魂の山行は、恵美との約束ごとであり一番の償いだと信じている。恵美が裏書きした一枚の写真を胸ポケットに忍ばせた。

山行の朝を迎え、直治は独り車で春浅い蓮華温泉小屋に向かう。助手席に目を遣った直治は小さく溜息を吐いた。気を取り直すように背筋を伸ばし、自分に喝を入れ、車を走らせた。県境を越え、残雪のせり出す谷沿いの道を急いだ。国道を離れ薄暗い林道に入った。冬から解放されたばかりの奥山は、未だ道の両側に雪壁をうずたかく積み上げている。標高が上がるにつれ、景色は変わる。未だ若葉の出揃わぬ雑木を透かして射し込む光は、雪原に木々を投影して、奥山の遅い春を彩る。しかし今の直治には、そんな景色も目に入らない。

ようやく登山口駐車場に着いた。入山者は直治独りである。夕闇の迫る中、直治は山に向かって佇んだ。目の前に立ちはだかる山稜は黒々と塗り潰され、圧倒する重量感で迫る。寒々と照らす月も星も、見る見るうちに輝きを増し冴え返った。直治はシュラーフに潜り込み、意識して眼を閉じた。三年前、俊哉がここにテントを張った、その同じ所に居ると想うだけで、直治の気持ちは昂ぶり、すぐには眠れそうになかった。

五月二十四日、俊哉は山友達の桐ケ谷と連れ立って、早春の北アルプス縦走の山旅に発った。縦走ルートは、蓮華温泉を起点に小蓮華岳を経て白馬岳を踏破し、更に雪倉岳を越え、北アルプスの最北端、朝日岳を巡る白銀の稜線歩きを堪能できる行程四泊五日のロングコースだ。五月といえ、山は未だ冬の牙を隠し持つ。俊哉と桐ケ谷は地図とコンパスを頼りに、白馬岳、雪倉岳を順調に踏破した。

午後三時過ぎには、朝日平にテント設営を終えた。明日は蓮華温泉に下山する縦走最終日である。夕食を終えた頃から風がテントを揺する。強い寒気団が南下、上昇気流が発生。夜半には温帯低気圧が急速に発達し、本州を通過する。五月の嵐である。二人は緊張して夜明けを待った。

五月二十九日、午前三時二十分。

強風は唸り声を上げて未だ暗い空を吹き抜け、激しくテントを揺らした。二人は気象情報を入念に検討した。風はピークを越えており、午前中には収まると判断。

午前四時五十分、夜明けを待たずに朝日平を発ち山頂を目指した。

一時間余りで夜明けの山頂に到達した。半分ほど雪に埋もれたハイマツ群は、頂部を揃えて垂れ、北西の烈風に吹き曝されている。山頂直下の雪渓では、凍結した雪面にピッケルを深く刺し込んで耐風姿勢を繰り返した。アイゼンが音を立て、小気味よく雪原に突き刺さる。二人は風の息遣いを計って雪渓を下る。荒ぶる春山の醍醐味を満喫していた。吹上げのコルを経て、再び谷間に延びる大雪渓に踏み込む。未明からの強風も、背後の尾根に遮られて弱まり、ガスも切れ、視界も良くなってきた。

時折、気まぐれな突風が音と共に上空を吹き抜ける。これらすべての出会いは、この春山縦走に俊哉達が希求した早春風景であった。

俊哉と桐ケ谷は幾つかの沢を越え、五輪尾根に差し掛かり、支尾根の高みに立った。急峻な小雪渓が二人を待ち構えていた。雪渓は谷へと切れ落ちて底を見せず、覗き込んでみたい思いに誘い込む。この雪渓をトラバースして雪に埋もれた沢を渡れば、五輪の森の入口である。先発した俊哉は、踏み込むたびにピッケルを雪面に深く打ち込み慎重に進んだ。雪に埋もれた沢の先に、五輪の森へと続く急な登り径が見えた。五輪の森を抜ければ青ザクと呼ばれる岩くずが積み重なった地帯だ。そこからは初夏の眺望が特段に素晴らしく、うねって広がる雲上の五輪高原が、視界一杯に飛び込んでくる。更に幾重にも尾根を重ねた彼方には、終着地点である温泉小屋の赤い屋根が遠望できるはずである。俊哉は雪に隠れた沢の踏み抜きを警戒して、上部まで遡って渡った。急峻な雪渓を渡り終えた俊哉は、沢の対岸に立った。足下の雪は昨夜の嵐に青く氷結している。俊哉はサングラスを外した。雪焼けした顔が笑っている。

山陵に囲まれた空に、雲の流れは速い。一刻広がりをみせた青空も見る見るうちに崩れて消えた。俊哉は山旅について、直治がよく言っていた言葉を思い出していた。

（この喜びは、行った者にしか分からん）

まさに父の言葉を体感した俊哉である。

（来春は里枝を連れてこのコースを歩こう。清冽な自然にどんなに喜ぶことだろう。でもその前に、結婚式を挙げねば）

はしゃぐ里枝の姿が、目に浮かんだ。

俊哉は満ち足りた思いに顔を紅潮させ、思わず四肢に力を入れていた。

「今年は忙しい年になるぞ」

俊哉は高揚した気分で、桐ケ谷に〝来い〟とピッケルを振り上げ合図した。

俊哉の見上げた先には、足早に流れる雲を背に、雪を纏った稜線が凛々しい姿で登山者を誘惑する。俊哉はいつの日か、あの頂に立つことを想い、眺めた。

この時、気まぐれな突風が唸り声を上げ、狭い谷間を吹き抜けた。突風によろけた俊哉は、バランスを崩し転倒した。氷結した足下は制動態勢をつくる暇を与えず、俊哉は雪渓を滑落した。一瞬の鋭い叫びは谷間に吸い込まれて消えた。

谷は不気味なほどに静寂である。桐ケ谷は谷底に向かって俊哉の名前を呼び続け、呆然と立ち尽くした。谷底は静まり返ったままである。俊哉が滑落した足下は、青く氷結した雪面に乱れたアイゼンの線条痕が刻まれていた。独断での救助が困難と判断した桐ケ谷は急ぎ下山を決め、地元に救助を求めた。

急遽、編成された救助隊は、日暮れと共に急速に冷え込む谷底から急ぎ俊哉を収容したが、現地で死亡が確認された。低体温症による死であった。全身を濡らした状態で雪渓を這い上がろうとした形跡があったが……桐ケ谷は単独でも救助に向かわなかった判断を悔いた。

遺体は温泉小屋前の広場に仮安置され、直治達の到着を待った。

直治夫妻が俊哉の遭難を知ったのはその日の昼過ぎ、現地警察の連絡によってであった。

「捜索隊が現地に向かっており、生死不明、今日中に救助し温泉小屋まで搬出の予定、至急現地まで来て本人確認の上、引き取って頂きたい」

詳細を聞き出す暇もなく、電話は切れた。

直治と恵美そして里枝は遭難の報に驚愕し、疑心を懐きつつ温泉小屋に車で向かった。

小屋に着いたのは、午後五時を過ぎていた。地元の駐在警察官一人と、二人の消防団員が直治達の一刻も早い到着を待ち受けていた。

年輩の警察官は挨拶もそこそこに、遺体の確認、更に救助の経緯について、慌ただしく説明した。

「残念ですが、現場で死亡を確認しました」

直治達は息つく暇もなく、俊哉と対面した。

頭部に捲かれた白い包帯と顔面に擦過傷が見られるほかには、目立った外傷はなく、直治が案じていたほどに、遺体はいたんでいなかった。直治は救われる思いで目を開けぬ俊哉を見入った。直治は大きな吐息をついた。俊哉の死を目の前にした無念さと、息子を我が手に取り戻した安堵の思いが入り混じった、山を知る男の溜息であった。

「あそこに居られる方が一緒に登られた人で、桐ケ谷さんとおっしゃいます。ずーっとご遺体に付ききりでおられます」

中年の消防団員が顎で示した先には、薄暗い広場の片隅で椅子に凭れかかり、疲労困憊の体で眠る男性がいた。登山仕度のままで眠る若者を見つめていた直治は、歯を食いしばり、涙を堪えた。

「起こしてきましょうか？」

若い方の消防団員が直治に問いかけた。

「いいえ、結構です。そっとしておいてください」

直治は遭難の状況を、一刻も早く知りたかったが、桐ケ谷の姿に、そのまま眠らせておくことを俊哉もきっと望んでいると思った。奥山の夜は足早に訪れた。仮設ライトが俊哉の眠るテントを闇間にポッカリと浮かび上がらせる。

直治は目の前のすべてが夢幻の世界であれと願った。周囲の音、すべてが聞こえない無音の世界に、直治は独り立ち尽くした。しばらくして我に返った直治は、今、心を決めなければ、と思った。

妻や里恵さんの動揺を少しでも和らげるためにも……。

(滑落は運命だったと受け容れるしかない)

直治は眠れないまま、長い一夜を明かした。

藤枝俊哉、三十二歳、未婚の生涯であった。

俊哉の死は、日を追うにつれ、直治を苦悩へと追い込んでゆく。俊哉を山に誘ったのは直治である。山行先を決め、詳細な計画を練り上げる作業は、直治には、期待と誘惑に満ちた何よりも愉しい時間であった。幾多の山歩きを実践してきた自負が、俊哉を山に誘う後押しにもなった。

（山に誘ったのは私の一存であり、当時は誘うことに少しの迷いもなかった。山は、私がどんな心境で立ち向かっても、いつも変わらぬ姿で受け容れ、癒してくれた。誰にも、癒しの場を求める時がきっと来る。そんな世界が在ることを、俊哉にも知っておいてほしい）

父としての思いが、今となっては悔いの残るものとなってしまったが……。

初めて俊哉を山に誘ったのは、俊哉二十五歳の夏であった。北アルプス、涸沢カールでのテント泊である。テント設営も済み、食事も終わり、二人はシュラーフにもぐり込んだ。さすがに涸沢の夜は冷え込んだ。眠れないのか、俊哉は突然に交際中の里枝について話し出した。俊哉が里枝と交際していることは知っていたが、里枝との踏み込んだ話を聞くのは父として初めてのことである。

「……結婚するかどうか、まだ分からないけど……そう決めたら、紹介するよ」

俊哉はボソボソと呟くと、狭いテントの中で窮屈そうに寝返りを打った。しばらくして、再び俊哉が話しかけてきた。

「親父……家族の幸せって何だろう」

背を向けた俊哉の表情は窺えないが、俊哉の言葉にその心境を推しはかる。

（俊哉は里枝さんとの結婚を真剣に考え、漠然とした不安を感じているのだろう……）

「家族の幸せ……何だろうなぁ……」

思いもよらぬ問いに、直治は言葉に窮した。

結局は自分の経験を基に話すしかなかった。

（息子とこんな会話ができるのも、この狭いテントのせいだろうか）

直治は恵美と出会った頃を思った。

（当時は家族の存在意義など考えもせず、その価値も潜在する大きな力も知らず、むしろ家族という存在自体に無頓着であった。

そんな自分が、家族を意識し、その価値を自覚したのは俊哉が誕生した時であった）

「自分が一番大切なものに出会い、夢中になっている時かなぁ……。でも幸せかどうかなんて、失って初めて気づくものさ。今、こうしてお前と一緒にここにいる、この時間が私にとって掛け替えのない幸せだったと、後で気が付くのかも……。お前が生まれて教えられたことがある。それは家族の存在だよ。家族ができ生活を共にしたことで、自分の役割を教えられた。幸せ……それは何気ない生活の中で〝ふと〟思うものかも……」

「へーエ、そんなもんか」

背中を向けたまま、俊哉が眠たげに呟いた。

「お前の幸せは、里枝さんと二人で家庭を創り上げることだよ。家族が幸せを教えてくれる……。里枝さんと出会えて良かったな」

背を向けたままの俊哉は、軽い寝息を立てていた。眠りを確かめた直治は確かな幸せを感じていた。この山旅が鮮烈な姿で俊哉の心に残ってほしいと願って、眠りに就いた。

俊哉は一年余り直治と一緒に山を歩いたが、その後は単独で山歩きを愉しむようになった。直治の経験からしてもそれは不思議なことではなかった。直治夫婦は、俊哉の成長だと喜んで見守った。俊哉は逞しい山男に変貌していった。

そんな中で、俊哉の滑落死は恵美を口やかましい女に変貌させた。

「あなたが山に誘わなければ」

俊哉の死は夫婦の心に刺さった棘となって、お互いの心を傷付け合い、生活に暗い影を落とした。何でもない会話もいつしか俊哉の死に行き着き、互いが寡黙となり、かつての和やかな家族は失われた。

頑なな日々の生活に紛れて直治が看過したのは、恵美の体調である。直治がいぶかるほどに、その頃の恵美は感情が不安定であった。しかし、それは俊哉の死から来るもので、時間が解決してくれるものと思っていたが、やせ細り目に見えて衰弱してゆく恵美の姿は、異常なことだと分かった。病院で詳しく検査を受けるように直治は何度も恵美に勧めた。

九月初旬、渋る恵美を説き伏せ、病院で精密検査を受けた。

九月下旬、検査結果の告知を受けた。その日も恵美に同行した。病状は進行癌に属する大腸癌であった。抗癌剤治療と放射線治療が必要で、明日にも入院が望ましいと若い医師は告げた。恵美は痩せ細った手に眼を落としたまま、医師の話を聴いていた。二人は不安と失意のうちに、病院を後にした。

後日、直治は恵美に内緒で病院を訪ねた。医師は癌の進行度について淡々と説明した。癌はステージ４に分類され、既にリンパ節に及び、肝臓、肺にも転移が認められると話した。突然に付き付けられた恵美の死期である。直治は迷った。

行き着いた結論は、すべてを隠さず恵美に知らせることであった。

数日後、治療と称して恵美と病院に向かった。すべてを告知する約束を、医師と交わしてのことである。その日は病院までの道のりが、とても長く感じられた。

（恵美は今、何を思って歩いているのか）

一言も喋らずに直治の後を歩く恵美の足音だけが、耳に纏わりつく。直治は恵美が何とも不憫で、声をかけることも振り返ることもできなかった。

病院の待合室は患者で混雑していた。直治は恵美と一緒に待ち続ける重苦しさから、恵美を独り残して、雑然とした院内を当てもなく歩いた。一脚のソファが置かれた廊下に出た。人影もなく静かである。直治はソファに腰を下ろし、眼を閉じた。

どの位の時間が経ったのだろうか。待合室に戻った時には恵美は既に診察を終えていた。人影も疎らな待合室で独り長椅子に腰かけている。直治は思わず足を止めた。恵美の痩せ細った横顔は、迫る何かに挑むような硬い表情を浮かべている。恵美の横に、そっと腰を下ろした。

「終わったのかい。どうだった」

小声で話しかけた。一瞬、驚きの表情を浮かべた恵美は、腰を浮かし直治に正面から向き合うと静かに口を開いた。

「お父さん、ご心配をおかけしましたね。先生に全部聞きましたよ。もう良いのです。ほんとに、ありがとうございました……これからも、お世話になりますね」

表情は暗く、落胆を隠しきれずに、ぎこちない笑みを浮かべた。突き付けられた宣告に、恵美の心は千々に乱れ苦悩した。それが分かるだけに直治は狼狽し、かける言葉を失っていた。

恵美は翌日に入院した。

その年はいつまでも暑い日が続き、冷涼な風に秋を実感したのは十月も半ばを過ぎていた。直治には憂鬱な秋であった。

入院翌日に、初めて抗癌剤の点滴治療を受けた。点滴中に全身が抑えようもない震えに見舞われ、体が悲鳴を上げた。付き添っていた直治は、苦痛に震える恵美を前にして何の手助けもできず、ただ見守るしかなかった。医師も看護師も、苦しむ恵美を横目に見ながら、意に介さず声すらかけない。点滴を終え個室の病床に臥した恵美は、全身に強い疲労感に襲われた。無視され続け耐えるしかなかったやり場のない屈辱に平常心を失い、混乱した。入院当初、生活実感の希薄な生活に耐えられず、独り苦悶した。そんな恵美が平静な自分を取り戻すことができ、心の平安を得たのは俊哉の存在だった。

（しょせん、なるようにしかならぬ。その時は俊哉に会える）

恵美のこの思いは諦念にも通ずるものであったが、不思議なほど心を穏やかにした。俊哉への強い思慕が、不安や恐怖を凌駕したのである。

入院生活も二週間が過ぎた。腹を括ったはずであったが、日を経るにつれ湧き上がる死への不安は、恵美を苛立たせた。朝の定期回診も終わり、手持無沙汰な恵美は今朝もデイルームに立ち寄る。五脚ほどのテーブルと椅子が置かれた広い室内に朝の硬い光が差し込み、窓辺を明るく浮かび上がらせた。部屋の隅々はまだ薄暗く、陰湿な空気が漂う。恵美は窓際に椅子を引き寄せ、窓外を眺める。眼下に人も車も忙しく動き廻るミニチュア玩具の世界があった。今の恵美には、無縁の世界である。恵美の心中には、いつも褪せることのない俊哉の面影があった。その想いに浸っている時は、どうしようもない苛立ちからも解放され、穏やかに過ごせる心の雨宿りであった。

入院してから、三週間余りが経った。恵美は今も抗癌剤治療で受けた恐怖から抜け出せずにいる。今日も快癒への僅かな望みと、死への恐怖に心は揺れ惑う。

直治の目に映る恵美は、突き付けられた過酷な現実に自ら思考の幅を狭め、独り苦悩しているように映った。しかし、恵美の力になれる術も知らず、ただ寄り添うだけであった。

こんな時にあっても、直治は恵美への疑念を意識してしまう、そんな自分を責めた。

（恵美は、自分と共に生きた長い歳月をどう受け止めて、今日まで過ごしていたのだろうか。恵美と出会い、家庭を成した。俊哉の親となり、互いが良き時間を過ごしてきたと思っていたが……自分の存在は……勝手に思い込んだうえの、独

り芝居だったというのだろうか……。私は何をしてきたのだろう）
いっそう疑念を深める直治であった。
十一月、恵美の病状は小康状態となり、自宅治療に切り替えた。自宅療養を強く望む恵美の意志であった。一カ月近い入院生活を終え自宅に帰った恵美は、努めて明るく振舞った。床に臥している時間は多いものの、案じていたよりも穏やかな日々を過ごした。恵美は、忘れていた家族の温もりがまるで宝物のように感じられた。その思いが日毎に募る一方、命を惜しむ思いが芽生え、膨らんでゆく現実も意識せざるを得なかった。恵美は己に課せられた運命を恨み、痩せ細った体を小さく震わせた。
恵美は今朝も庭に降り立ち、咲きだした黄色の小菊を摘み、仏前に供えた。一見、穏やかな恵美の後ろ姿に、直治は安堵して見守った。

季節は冬を迎えた。その年は、師走早々に初雪が降り、そのまま根雪となって本格的な冬を迎えた。

しかし厳冬期に降雪は少なく、例年になく早い春が訪れた。傍目には以前の生活を取り戻したかのように映る穏やかな日々が続いた。

直治夫婦は俊哉の命日を目前にしても、今は心にゆとりがなく、恵美の体調がすべてであった。

やがて夏が過ぎ、季節は秋を迎えた。癌宣告から一年余りが経過していた。病状は一進一退のように見えても、季節を追って悪化していった。床に臥して過ごす時間がめっきり多くなった恵美に、往年の面影はない。身だしなみに気配りを欠かさなかった恵美も、今は鏡に向かうこともなく鏡台の鏡かけも下ろしたままである。恵美は再入院の勧めも受け入れず、直治も強く勧めはしなかった。俊哉の名を口にすることも日毎に少なくなり、孤独の世界を彷徨っているように見えた。

晩秋の午後である。夏には縁側までしか届かない日差しも、今は座敷の中ほどまで差し込んで恵美の臥す布団の縁まで照らした。恵美は布団から這い出ると、やっと立ち上がり、そのまま縁側の籐椅子に腰を下ろした。庭に目を遣る。葉を散らし、裸になった老木のモミジは好き放題に枝先を伸ばしており、手入れの行き届かない寂しさを感じさせた。そんな庭も、今の恵美には愛おしく思われた。過ぎた時間を思い、二度とここを離れまいと心に決めた。この思いは、恵美に決断力を与えた。

（今日まで言い出せずに何度もためらってきたが、お互い覚悟をする時が迫っている）

時が来た、と恵美は思った。横で庭を眺めている直治に、努めて明るい声で話しかけた。

「お父さん……お父さん、お父さんは俊哉に、何か伝えたいことはありませんか。言付けですよ、ちゃんと伝えてあげますから」

俊哉への言付けはないかと言う恵美の心情に、直治は返す言葉がなかった。

「今日は気分が良さそうだね。母さんも早く元気にならないとね」

言葉を濁すしかなかった。

「そうなの。だから今日は大事なお願いごとがあります。忘れないで、しっかりと覚えておいてくださいね」

恵美は真顔である。難儀そうにして丸め加減の背中を伸ばし、懐から一通の白い封筒を取り出した。

「おとうさんこれを読んだ後、私と一緒にして送ってくださいね。それまでは私の手元に置きますよ……お願いします」

恵美は用件だけを言って、痩せ細った右手で封筒をかざして見せた。今までに見せたことのない硬い表情である。

直治は黙って頷いた。

既に恵美は死を受け入れていた。

死を受容した恵美の澄んだ眼差しに、直治は心の奥底までも見透かされているように感じ、たじろいだ。それは人生を懸命に生き抜いてきた者に、神が授けた力かもしれないと思った。恵美は、何とも言えぬ穏やかな表情である。それは邪気が剥がれ落ち、欲望からも解き放たれた無垢の姿に立ち返った姿であった。
季節は本格的な冬を迎え、雪の降り止まぬ日が続いた。床に臥す恵美は、ガラス戸越しに雪化粧した庭を飽きもせず眺めていた。厳しい冬をのり越え、ようやく迎えた春、四月。恵美と一緒に五輪山への約束事は潰えた。臨終で恵美を看取ったのは、直治独りである。血の引いてゆく恵美の死に顔は、俊哉によく似ていた。死化粧を施していない恵美の顔からは、額の皺も消えて、出会った頃の恵美を思わせた。今にも目を開けて微笑みかけてくる気がして、直治は枕元に座り続けた。

恵美の葬儀は、静かなうちに終わった。前庭の白梅は八分咲きとなり、純白の小さな花で別れを告げた。

直治が心の底から恵美を失った悲哀を思い知らされたのは、葬儀をすべて済ませ、縁者も次々と立ち去り、物音一つとしてしない居間に独り残された時であった。この現実にただ茫然と立ち続けた。恵美の死が避けられぬと知ったあの時の覚悟は何だったのか、直治は何一つとして手に付かず、家に閉じ籠った。

俊哉の遭難から三年目の春を迎え、恵美の初命日が迫っていた。仏前に座り込んだ直治は、恵美と約束したはずの封筒を今も手にしている。封筒には二通の手紙と一枚の写真が入っていた。

その一通は直治へ宛てたもので、家族として過ごしてきた日々への感謝の言葉が書かれていた。直治は簡潔に書かれた文面、その行間に、旅立つ者の憂いに満ちた無念さと、独り残される者への愛おしさをひしひしと感じていた。

何度読み返しても切ない手紙である。残る一通は俊哉から恵美に宛てた手紙であった。俊哉が初めて家を離れ、単身で大学生活を始めた頃のことである。恵美は季節の旬を食材にした手作りの料理を、生き甲斐のように送り続けた。そんな恵美に宛てたお礼の手紙である。

「……おいしかった。

お母さん、ありがとうございました。

夏休みには帰ります。　俊哉」

几帳面な字で書かれた二枚の便箋は折り目が擦れ切れそうに荒立って、繰り返し手にしていた恵美の姿が想われ、哀れであった。手紙の他に、和紙で包まれた一枚の写真が入っていた。春の庭で芽吹いたばかりのブナを背景に、俊哉と恵美が屈託ない笑顔で写っている。直治が撮った一枚である。直治は何気なく写真の裏面に目を遣った。そこには恵美の筆跡で、一行の添書きがあった。

（早く俊哉のもとに、行きたい）

二十文字にも満たない一行は、直治に悩ましい疑念を懐かせた。

冬の縁側で、床から這い出るようにして直治に封筒を託した恵美を思い浮かべた。【……私と一緒に……】

恵美と約束したはずの封筒ではあったが、一行の文面に、その真意を得心出来ないまま、直治は今も手許に残していた。

（恵美は退院して家に居ても、心は俊哉への思慕で占められて一年余りを過ごしていたのだろうか。家族で懸命に生きてきた三十年余りの日々は、恵美にとって何だったのだろう。私は誰よりも恵美に心を許してきた。しかし……）

俊哉を失い、恵美までも失った直治は、突き付けられた疑念を拭い去ることができずにいる自分を責めた。直治はいつものように封筒を仏壇に納め、遺影に話しかけた。

「俊哉、待っていろ。迎えに行くからな……。それに、お前に伝えたいことがある。

この春に、里枝さんが訪ねてくれた。元気だったぞ。結婚すると言っていた……。良かったな……」

＊

里枝が直治を訪ねてきたのは、今春の三月の末であった。俊哉の葬儀以来のことで三年振りの再会である。里枝は色白な肌によく似合う、濃紺のスーツ姿であった。直治が初めて出会った里枝は物静かな細身の女性と記憶していたが、目の前に立つ里枝は少し太って、成熟した女性の雰囲気を漂わせていた。里枝は仏前の遺影を前にして恵美の亡くなったことを知り、小さく驚きの声を上げた。そんな里枝に直治は恵美の死を有り体に話すことを何故かためらった。退院後の恵美は自宅で静かな日々を過ごし、安らかに逝ったと淡々と話した。里枝は遺影に向き合ったまま、黙って聞いていた。

「お独りになられて、お淋しいでしょうね」

「いや、もう慣れましたよ、大丈夫です」

直治は強気に振る舞った。何気ない話のやり取りの後、里枝は直治の正面に向き直ると、居ずまいを正し、硬い表情で口を開いた。

「あの日から三年が経ち、私も三十歳になりました。今、俊哉さんにご報告をさせて頂きました。私はこの春に、結婚します。今日はそのご報告と、お別れに参りました」

里枝は大切な用件を話し終え、肩の荷が下りたのか、長かったという三年余りの思いを、飾ることもなく静かに話し出した。

「俊哉さんは、お話しになりましたか？　私との出会いについて……」

里枝が尋ねた。

「図書館にお勤めでいらして、俊哉と一緒に本を探して頂いたのが始まりだとか」

「そう、それが出会いでした。図書館司書になって二年目のことです。俊哉さんに初めてお会いしたのです。不思議な気がします。将来を決める大切な出会いのきっかけが本探しのお手伝いだったなんて……。

俊哉さんとお付き合いして二年ほど経ち、結婚を意識した頃でした。

今思えば些細なことでしたが、あの時は真剣でした。結婚後に目指す家庭の在りようについて話し合ったのです。でも考え方が違い、お互いが結婚しても良いものかどうか迷いました。結局は二年ほどお付き合いを中断したのです……。この二年間余りの時間が私達の運命を決めてしまったのかもしれませんね……」

里枝は交際の始終を感慨深そうに話した。

俊哉を偲んで話す里枝に、

（もはや里枝さんの心に、俊哉は過去の存在なのだ）

と思いながら直治は話を聞いていたが、俊哉が変貌していった訳が解けたと思った。

（里枝さんとの結婚話が途切れていたのは、そんな事情があったためか……。俊哉が山登りにのめり込んでいった時期に、それは符合している。俊哉は傷心を誰

にも気づかれないように山を選び、自然に癒しを求めたのだろう)
直治は里枝の話に、得心がいった。
(俊哉、よく頑張ったな。それで良い)
直治は俊哉の心情を思うと、泣きたいほどに切なく俊哉が恋しく思えた。
里枝は話を続けた。
「二年が経ち、私も少しは大人になり、また俊哉さんと交際をさせて頂きました
……」
里枝は苦笑し、話を続けた。
「俊哉さんに一回だけ、山に連れていって頂きました」。直治がハッとするほど
明るい声である。
「今となっては、ほんとに楽しい想い出です。俊哉さんは、北アルプスから帰っ

たら結婚の日取りを決め、お父様に報告しようと約束して出掛けたのですが……。運命だったのでしょうか……」

沈んだ声に変わっていた。里枝は俯いて、小さく溜息を吐いた。

「俊哉さんの死をどう受け容れたら良いのか、心の整理ができずにおりました」

里枝は心のうちを確かめるように、静かに話し終えた。

(里枝さんは俊哉と出会い、苦しみを背負いこんだ。今、そんな自分にケリをつけたのだ。新たな一歩を踏み出すためにも、今日の訪問は里枝さんにとって大切なことだった)

直治はこれが当然の成り行きだと思いながらも、邂逅と別離の儚さに、やりきれない寂寥に目を閉じ、恵美を想った。

(俊哉の生きた証しが、またひとつ消えた。俊哉を心の底から思慕する者が世の中で自分独りとなり、更に自分の死は、俊哉も恵美も私の生きた証しすらすべてが消えて、誰からも忘れ去られてしまう……私は何を恐れているのだ……）

自問自答をして考え込む直治をよそに、里枝はさらに話を続けた。

「私は俊哉さんの最期を見届けたことで、自分の中に安堵感のような、不思議な思いがあるのです。だから今、一歩前に踏み出せるのかもしれません……」

揺れ惑った心に、決別する自分を改めて確かめている里枝であった。

「里枝さん……結婚を決めたことは、俊哉もきっと安堵しているよ。里枝さんの背中を押してくれたのは俊哉かもしれないね……。長い間、本当にありがとう。里枝さんはもう振り返らないで、新しい家族の中で存分に生きてほしい……俊哉のことは、忘れることだ」

直治は敢えて言葉を断定して話した。それは自分自身の未練を断ち切るためでもあった。

(里枝さんは俊哉と出会って七年余り、短い時間の中で出会いと別れに直面した。どんな出会いであれ、別れは互いに深い傷を残し、一方では忘れ去られる者がいる。里枝さんは三年の歳月をかけてこれを乗り超え、新たな出会いへと踏み出した。掴みかけていた俊哉との幸せは消え去った。失って初めてその大きさを知るのだ……)

これは里枝のことだけでなく、直治自身への反省でもあった。直治はそっと目を閉じた。

里枝は何度も何度もお辞儀を繰り返し、去っていく。振り向くこともなく遠ざかる後ろ姿に、直治は、自分に言い聞かせていた。

(これでよし。畢竟、里枝さんは私達家族にとっては、行き交う人の一人であった。里枝さんは俊哉と過ごした時間のすべてを捨てて、去り行くしかなかったのだ……。だが短かった俊哉との時間は里枝さんに何かを遺しているはずであり、決してすべてが霧散してしまうことなどないだろう）

里枝の後ろ姿が家並みに吸い込まれてもなお、直治は道端に立ち続けた。

（里枝さんの来訪は改めて教えてくれた。家族という存在が、どれだけ心に平安をもたらし、夢や希望に繋がるエネルギーを内に秘めていたかを……）

＊

直治は幾多の追想に疲れた。闇の中で涙し、何時しか深い眠りに落ちていった。

二十九日、俊哉の命日である。直治は登山口駐車場で朝を迎えた。目の前に広がるどっしりと構える山並みを仰ぎ見た。奥山の春は未だ尾根の中腹までにしか届いておらず、その先、山頂までは朝焼けに淡く染まった残雪に覆われている。谷筋に立ちこめる山霧は、雲間から差し込む朝の光に幾筋にも切り裂かれて漂う。幽玄な世界も一刻のことで、山霧は瞬く間に昇華し、奥山は澄みきった朝を迎えた。

直治は独り五輪山を目指して出発した。歩き始めてすぐに、以前よりも歩幅が小さく、歩みが遅いことに気づいた。加えて、右足先の上がりが悪く、少し浮き上がった木の根にも躓いた。

（老いたなぁ……）

直治は背筋を伸ばし体制を整え、再び薄暗い森の奥へと歩きだした。湿った木道が続く下り坂を黙々と歩いた。突然、目の前が開けた。ブナやコメツガの樹林に囲まれた湿地帯、兵馬の平に出た。樹林に囲まれ、閉じられた小さな空に穴が開き、見る見るうちに青空が拡がってゆく。湿原は陽だまりの中で眠っているのか、物音一つ立てない。それは別世界の趣である。直治は休憩もそこそこに、樹林帯に分け入った。薄暗く苔むした岩場に差し掛かる。樹林の奥から、微かに瀬音が聴こえる。瀬音を耳に、更に下る。瀬戸川を目前にして谷間の湿地に出た。不揃いの岩石を組み込んで造られた急勾配な下り坂が、ジグザグに谷底へと伸びている。駆け上る風に乗って聞こえる瀬音に心が逸る。谷間に目を凝らし、苔むした岩径を下る。その一瞬のことであった。右爪先が岩角につまずき、直治は勢いよく急斜面を前のめりに投げ飛ばされ、仰向けで止まった。ブッシュに囲まれ身動きができない。直治は息を整え、現状を把握した。落下した距離は二メートルほどで、視界は効かず深い藪の中である。

右足に軽い痛みを覚えたが、他に痛みはない。急な藪斜面とザックが身を護ってくれた。ザックを体から解き離し、ようやく起き上がることができた。右膝の傷口から僅かに出血している。痛みは時間とともに強くなり、無理はできないと判断した。今宵のテント泊場所を白高地沢出合に変更することにした。ここから二時間もあれば届く道程である。

道から外れた小岩に腰を下ろし、膝の様子を視ることにした。ブナ林を吹き抜ける風に乗って聞こえる瀬音を耳にしながら、痛みに耐え、幼い頃の俊哉に想いをはせた。着飾ったお稚児さん姿の俊哉が目に浮かぶ。立ち姿の俊哉が顔を白く厚化粧し、小さな唇に鮮やかな紅を載せて、あどけない表情である……。小学一年生の運動会、五〇メートル競走の俊哉、ゴール直前で転んで泣き出した。直治は、痛みも時間も忘れて、懐かしい昔に耽った。

しばらくして自分に活を入れ、瀬戸川に向けて歩き出した。

瀬戸橋の袂に着いたのは、十一時を回っていた。瀬戸川は、朝日岳を経て白馬岳に至る縦走ルートの玄関口に位置している。切り立った大岩の断崖がなす深淵故に永久橋が架かっている。橋の対岸に立ちはだかる巨岩、その中ほどに荒く削り出したような小さい岩棚がある。そこには一株の山ツツジが自生している。過酷な環境にあっても、春には花を咲かせる孤高さに、心惹かれる直治であった。

春の瀬戸川は雪解け水で勢いを増し、岩壁に突き当たり、絶え間なく水飛沫と白い泡渦を生み、四方に瀬音を響かせている。直治は橋の袂で小休止した。六年振りに見る山ツツジは、枝振りを太くして直治を迎えた。川面を塞ぐほどに繁茂した岸辺の樹林、その隙間から差し入る光は、左奥へと蛇行する川の対岸を照らしだす。浮かび上がった岸辺は魅惑的な空間を創り出し、登山者を誘惑する。時刻は十二時を過ぎている。白高地沢まで急がねばならぬ状況である。直治は瀬戸川を後にした。

いつもなら何でもない山路も、今の直治にはこたえた。踏み出すたびに右脚に痛みが走り、少し歩いては立ち止まり、また歩き出す。痛みに耐えて歩いた。俊哉への思いが、それを支えた。

白高地沢の右岸に出た。瀬戸川を発ってから三時間余りが経っていた。この時季、白高地沢は五輪山や朝日岳の峡谷から噴き出す雪解け水を集めて水量を増し、流れは速い。右岸のベンチ脇にテントを張った。夕暮れは、河原を囲む山野一帯を柔らかな暮色で包みこむ。穏やかな光景も一刻のこと、沢一帯に闇が迫る。河原は見る見るうちに薄闇に塗り潰され、黒いベールに姿を隠す。直治はテントに潜り込んだ。俊哉の命日に遭難場所にたどり着けなかった不甲斐なさに、すぐには眠れそうになかった。闇と静けさに、聴覚だけが研ぎ澄まされてゆく。闇をすり抜け途切れ途切れに聞こえる小さな音に、耳をそばだてる。それは忍び音にも、ささやきにも聞こえた。

（俊哉が私にささやきかけている）

直治は眼を閉じ、耳を澄ました。しかしそれも束の間のことで、直治は久し振りの山行にかつてない心身の疲れを覚え、たちまち眠気に包まれ、まどろんだ。まどろみの中に、俊哉が現れ、いつまでも直治の耳元でささやき続けた。いつしか直治は強い睡魔に吸い込まれ、深い眠りに落ちていった。

五月三十日　午前六時。

直治はテントを透かして射しこむ光と沢音で目覚め、寝袋から這い出た。白高地沢の朝明けは低くたなびく川霧で、沢一帯を薄白く包み込む。霧を透かして沢音だけが響いていた。雪倉岳や朝日岳は、薄れゆく川霧と共に山裾を拡げ、やがて雄大な全容を現した。

昨夜のささやくような音の正体は、夜明けを迎えて分かった。テントから一〇メートルと離れていない沢の水音であった。白高地沢から瀬戸橋へ向かう夏道に駆け上がるその手前に、浅く澄んだ小沢がある。昼間は白高地沢の沢音に掻き消され、誰もが意識もしない小さな沢であった。

支度を整えた直治は、花園三角点を目指して樹林帯に踏み入った。瀬音も遠退き、急登のカモシカ坂に差し掛かる。直治にはキツイ登り坂であった。なんとか急坂を登り切り、五輪高原の東端に出た。目の前が大きく開け、寒風が直治を捉えて吹き抜けた。直治は意識して背筋を伸ばした。朝霧を山際に薄くたなびかせ、うねって広がる湿原は、かつて幾度となく目にした景観であったが、今日はワタスゲの白い群生も妙に物寂しく、沈んで映った。湿原の東南側、その縁に沿って延びる二筋の木道をゆっくりと歩き、五輪ノ森へと続く花園三角点に辿り着いた。真新しい木製ベンチが、小高い丘の裾辺に置かれ、周囲の雰囲気に溶け込めず浮き上がって見えた。直治は水場を確認し、今宵のテント泊場所と決めた。

ベンチ前の東斜面から微かに水音が聞こえる。残雪の端から流れ出る一筋の細い融水が、生き物のように黒土を削り、幾筋かの小さな流れを見せていた。その周辺には彩りも鮮やかな草花が、根元を冷たい流れに晒して咲いている。直治は小さな早春の景色に、痛みを忘れて見惚れた。

宿泊用荷物を残置した直治は、青ザクを越え、五輪尾根に向かった。背丈を越えて茂るハイマツ群を抜け、五輪ノ森の衛兵と名付けた大岩を回り込んだ。薄暗い森は踏み跡もなく森閑としてぃる。ここでスノーシューに履き替えた。ダケカンバの林を抜けて、ようやく〝俊哉の沢〟に着いた。花園三角を発ってから一時間余りが経っていた。先を競って流れ下る雪解け水は絶えず水飛沫を上げ、岩を噛み、岩の隙間を擦り抜けて谷底へ流れ落ちている。

直治は滔々と流れ落ちる沢の淵に長いこと無言で立ち続けた。

「どうして…お前達は仲間を奪ったのだ……どうしてだ」

心の底から絞りだすような吐露であった。無念さに声が震えた。やがて胸ポッケの写真に掌をやると、

「来たぞ、恵美。ここが俊哉の沢だ……随分と待たせたな……俊哉に会えたのか？」

直治は恵美との約束事を、今、果たし終えた。

(俊哉はこの谷に命を奪われ、恵美をも死に追いやった。だが俊哉は、この沢に歓喜し、最後に眺めた景色なのだ)

直治は何とも言えぬ口惜しさに天を仰いだ。雪渓の緩斜面に突き出した大岩の許に直治は居場所を確保した。岩にもたれて空を見上げた。稜線は碧空を背に雪で白く輝き、如何にも長閑である。谷筋を埋める残雪は、裾に拡がる新緑を際立たせ、尾根を包む残雪は、山頂を天に押し上げていた。奥山は泰然として、四方のすべてが春を待つ風情に溢れている。

直治は谷間に向かって大声で呼びかけた。

「おーい、俊哉！　来たぞ、迎えに来たぞ～」

誰も居ない谷間に木霊が応えた。

傍らのザックから笹団子を取り出した直治は、谷に向かって話しかけた。

「俊哉、お母さんは死んでしまった。一年も前だ……お前に逢いたいと……逝ってしまった……お母さんに会えたのか……。

私は独りになってしまったよ……。今日はお母さんを一緒に連れてきたぞ」。

直治はポッケから写真を取り出した。

「俊哉、この写真を覚えているか、母さんはこの写真が一番、お気に入りだった……」

写真を手にする直治の手は震え、ボソッと呟いた。

「……だから、書いたのだろう……」

書かずにおれなかった恵美の心情が少し分かる気がした。直治を責めて許すことのないままに逝った恵美。生きているうちに、その思いを分かち合ってやれなかった自分が悔やまれた。

直治は雪の上に座り込み、俯いたままである。やがて肩を震わせ、誰に憚ることなく大きな声を上げて泣いた。いつまでも泣き続けた。雪渓を渡って吹く風が冷えてきた。奥山の夕暮れは早い。直治は手で鼻汁を拭くと、背にした大岩を支えにして、ヨイショと立ち上がった。

「俊哉、里枝さんが来てくれたぞ」

里枝が三年振りに訪ねてくれた日のあらましを、俊哉に語りかけた。

「……里枝さんは、結婚すると言っていた。良かったな……お前との出会いを、決して忘れない、と言っていたぞ……」

山稜に囲まれた谷あいの空は、暮色蒼然として夕暮れが迫っていた。

「俊哉、家に帰ろう。また一緒に暮らそう。母さんも喜ぶぞ……さあ家へ帰ろう」

谷あいに向かって、力強く話しかけた。

（お父さん、ありがとう）

俊哉の声が、はっきりと聞こえた。

「さあ、帰るぞ。俊哉、帰るぞ。いいか」

大声で号令した直治は沢を離れる決断をした。俊哉が最後に見た景色を、心に留めようと周囲を見回した。直治は喉元が詰まり、激しく咳き込んだ。

花園三角点に向かう直治の足取りは重かった。

五輪ノ森に入ってすぐのことである。薄暗い森の中で、足もとに浮かぶ小さい日溜まりに気づいた。直治は立ち止まり、頭上を見上げた。ダケカンバの梢を透かして青空が垣間見えた。頭上で鳥が鳴いた。姿は見せないが長々と尾を引き、水笛のように透き通る鳴き声は、アカショウビンに違いなかった。泣いているような悲しい鳴き声は、森にピーンと響いて樹間に吸い込まれて消えた。

(春浅いこの季節に、ここに居るということは、南に渡る群れから置き去りにされてしまったのか、それとも、はぐれてしまったのか……お前も俊哉と同じ仲間だったのか……俊哉への惜別の飛来であったのだろう……）

直治は改めて空を見上げた。すでに青空は消え、森は薄暗く静まり返っている。

「俊哉……もういいか、行くぞ」

直治は背中に向かって声をかけ、花園三角点へ向けて歩きだした。痛む足を庇いながら、花園三角点に着いた。ひと息ついた直治は、俊哉の沢での情景が一つ一つ目に浮かび、何ともやるせなかった。強い疲労感に襲われ、早々とテントに潜り込んだ。暮れなずむ西空は茜色に染まっていた。夕暮れは足早に高原一帯のすべてを溶かし込んでゆく。

その夜、直治は暗示的な夢をみた。

（見も知らぬ老人達が、テーブルを囲んで酒らしきものを飲み交わしている。大きな口を開けて、楽しそうに談笑していた。しかし、私には、何も聞こえてこない。周りの誰も傍に立つ私に気づかない。私は椅子に腰を下ろした。何故か同じテーブルに、俊哉と恵美が見覚えのある服装で座っている。笑みを浮かべた恵美が私に話しかけてきた)

「ようこそ、お父さん、足の怪我は大丈夫ですか……。ここは黄泉の国ですよ。約束を忘れずに、ありがとうございます……。会えて良かったわ、俊哉も一緒ですよ」

(恵美は隣に座る俊哉を指さした。

俊哉は懐かしい笑顔で私を見ている)

「父さん、迎えに来てくれてありがとう」

(私も、久し振りに家族が揃った喜びで満面の笑みである。恵美が屈託のない笑顔を浮かべ、話しかけてきた。その言動、すべてが元気な頃の恵美であった)

「お父さん……お父さんを独り残してきたことは、とても心残りでした。でも今はまた家族がこうして一緒に、ほんとに嬉しい……。俊哉が亡くなった時は、いつでも俊哉の傍に居てやりたくて……。写真を見ていたら切なくて……思わず書いたのですよ。それがあなたを苦しめることになって……分かってくださいね」

(恵美が胸の内を明かした。

恵美は俺のこだわりを知っていたのだ)

「分かった、分かったよ……。良かった…安心したよ……ありがとう」

(私がそう言い終わるや否や、二人は私の前から消え去った。私は二人を追いかけて大声で呼び止めた)

直治はその声で目覚めた。夢の中での再会であったが、直治には、夢であろうがなかろうが満足であった。恵美の言葉を思い返していた直治は、神経が昂ぶり寝付けない。テントから這い出し、真夜中のベンチに立った。闇を破って雲間から現れた上弦の月は蒼白く輝き、孤高の風情である。そんな月光の下で、湿原は深い眠りに就いていていた。

翌朝早々に、蓮華温泉に向けて花園三角点を発った。山裾一帯は朝靄に包まれて、湿原は未だ眠りから覚めやらぬ幽境な世界である。

朝陽を正面に受け、木道に長い影を落として歩いた。木道の両端には足跡ほどの池塘が点在している。池塘の縁辺には名も知らぬ小さな花が咲き、水面に揺れて映る。直治は晴れやかな心境で木道を歩いた。恵美への疑念から解放された今、湿原が昨日と同じ景色とは思えぬほどに活き活きと映り、実に爽やかである。

背中に俊哉を感じるたびに立ち止まり、来た道を振り返る。再び訪ねてくることの決してない俊哉の沢への決別であり、俊哉への心遣いであった。だが、足の傷は疲労が重なり、明らかに悪化していた。痛みがそれを教えてくれる。

直治は一歩一歩、ゆっくりと木道を歩いた。そんな直治を先導するものがいる。木道に沿って延びるハイマツ群。その繁みに身を隠して啼く鶯である。雪に押し潰され傷ついた幹や枝が目立つ状態でありながら、なおも芽をふくハイマツ。姿を見せぬまま囀り、直治の先に、先にと行く鶯。直治は満ち足りた思いで木道を歩いた。

深い樹林に覆われ、下りの急勾配が続くカモシカ坂に差し掛かった。木立から漏れくる光は、九十九折りの山道を斑に照らし蝶のように舞う。脚を痛めた直治に、急勾配の下り坂は殊更に堪えた。右足を踏み込むたびに背中の重いザックは右にズレ動き、全身に強い痛みが走る。余りの痛みに立ち止まり、荒い息遣いを整えた。未だ先は長い。身の丈ほどに深くえぐれた赤土の道に出た。立ち止まり、額の汗を拭いた。そんな時であった。背後から直治を呼び止める女性の声がした。

「おじさん、こんにちは～！　ちょっと待って～！」

直治は耳を疑い、振り返った。首に水色のバンダナを巻き、黄色い帽子を被ったライトシャツ姿の若い女性である。

片手を振り挙げ、合図を送りながら駆け寄ってきた。見知らぬ女性であり、直治に心あたりはなかった。娘は軽快な足どりで直治に追いつき、ためらうこともなく声をかけてきた。

「今日は！　良いお天気で、自然を独り占め……最高！　おじさん、テント泊ですか？　お元気ですね……。でも、ちょっとお荷物、きつそう……。足を痛めたのですか？　大丈夫かなぁ～」

娘は矢継ぎ早に話しかけてきた。

「滑って転んでしまったよ。だらしのない話だがね。でも大丈夫だよ。ありがとう」

「まだまだ先が長いから、大丈夫かなぁ……。チョット失礼」

娘はためらいも見せずに直治のザックを背後から持ち上げて、その重さを確かめた。

「おじさん、ザックを降ろしなさい。荷物を軽くしましょう……無理は禁物、私が少し持つわ。……無理を徹すと、瀬戸川から先の登りで、弁慶の立ち往生よ。さぁ！」

娘の声は半ば命令調であったが、直治にはありがたい誘いであった。この先には、怪我を負った急勾配の岩場が待ち構えている。

直治は、この見知らぬ娘の好意を受けるべきか迷った。娘は直治の返答も待たずに自分のザックを足下に降ろしていた。直治もつられるようにザックを降ろした。娘は直治のザックから食料品、炊飯器具を抜き取り、自分のザックに収納した。夜気に湿って重いテントの一包みは、雨蓋の上に括りつけた。動きに無駄がなく手際が良かった。娘の軽快な動きにただただ見惚れた。

「さぁ、行きましょう」

直治を促して、娘は大きく膨らんだザックをヨイショと背負った。慣れた手つきで担ぎ上げた娘を（本物の山女だ）と感心して眺めた。娘は先になって、ゆっくり坂を下り始めた。直治は軽くなったザックを背に、娘の後を追った。カモシカ沢を無事に下りきった。白高地沢仮橋を渡り、右岸のベンチで小休止とした。一昨日にテントを張った所である。直治は河原に向かった。キラリと光る川面に誘われ空を見上げた。雲間から青空が覗き、見る見るうちに拡がってゆく。しかし直治は娘がなんとも気にかかる。

（なんでこの時期に、若い娘が独りで………まあいいか）

娘はベンチに腰を下ろし、チョコレートを美味しそうに食べている。

「おじさんも食べて、元気が出るから」

娘は一包のチョコレートを直治に差し出した。直治は素直に口にした。娘の自然な振る舞いに、改めて娘を見た。名前も知らぬ出会ったばかりの娘である。

「ほんとに今日はお世話になった、何かお礼がしたいのだが……」

直治の本心から出た言葉であった。

「そう、うれしいな。そうだなぁ……もう一回、おじさんと一緒してもいいかな。そうだ、涸沢でビールをご馳走してもらう…それでどう?」

娘は男のような口調で軽快に言った。直治は娘の意外な返事に一瞬戸惑ったものの、娘のその言動に昔からの山仲間のような親しみを感じた。

「いいな〜、涸沢のテラスでビールか。

君の好みは、ヒュッテか、小屋か……どっちにしても、ビールはうまいぞ。秋がいいな…涸沢、懐かしいね……」

俊哉と一緒に奥穂高を背にして飲んだビール、今にして思えば、石畳のテラスで過ごしたあの時間が何とも恋しく、幸せな時間であったことを直治は改めて思った。

「お嬢さんのことを〝トシ〟と呼んでもいいかな……呼び捨ては失礼か、ではトシちゃんでどうかな」

唐突に口をついて出た名前は、無意識のうちに出たものであったが……。

「トシちゃん、ですか？……どうしてトシですか？　私の名前は違いますよ」

娘はニコニコ顔で、問い返してきた。

「……今、咄嗟に思いついた名前さ」

直治は娘にそう言ったものの、おかしさがこみ上げてきた。

（思いつきだと娘には言ったが、俊哉への思いが無意識のうちにトシと言わせたのだ。それはともかくも……）直治はこの娘がなんとも気にかかる。

（この娘は、いったい何者なのか。偶然の出会いとはいえ、どこか高い所から私のすべてを視ていたかのようなタイミングで私の前に現れ、私を助けてくれた）

娘と出会わなかったら……直治は思った。

（今までも山旅で何度もトラブルを経験してきたではないか。娘と出会わなければ、ここまでは辿り着けなかっただろう。怪我の痛みに負け、山中のどこかでビバークするしかなかっただろう。それは命にも関わる危険を伴うのだ。娘に出会

い、助けられ、ビバークをせずにここまで来ることができた。私にとってこの娘は、命の恩人である）

直治は改めて娘を見た。

「トシちゃん、トシちゃんのトシという字には、賢くて優れているという意味があって、お嬢さんにお似合いの名前さ……」

「へ～ぇ、知らなかった。そうか……。じゃあ、私はトシちゃんデ～ス！」

娘はベンチから立ち上がり、おどけて見せた。直治は娘の屈託ない笑顔の中に、どこか俊哉を想わせる匂いを感じていた。この旅の目的を娘に全部話してしまいたい衝動に駆られた。

「トシちゃん、この山旅は、一人息子を家に連れて帰る慰霊の山旅さ。三年前の春、息子は雪の五輪尾根で滑落死してしまった。その魂を家に連れて帰る、あまり愉しくもない山旅さ」

娘はチョコレートを食べながら、直治の話を黙って聞いている。直治は話を続けた。

「息子は、事故死から三年が経ち、今では三十五歳になった。死んだ息子が歳を重ねたら、おかしいかな。でも私にとって息子は今も生きているのさ……だから息子は三十五歳……これからも家族の一員さ」

「そうか……だから、そう見えたのかな。私……人見知りで、いつも独り旅なの。でも、おじさんの背中を見て、何故か自然に声をかけていたの」

直治を覗き込むようにして娘が訊ねた。

「それでおじさんは、息子さんに会えたの」

「うん、会えたし、話もした。ほら、こうして一緒に連れて帰るんだよ」

直治は肩越しに背中のザックを軽く手でたたいて見せた。しかしそれは何とも虚しい、自己欺瞞に過ぎない仕草ではないのかと一瞬思った。だが、この旅は恵美との大切な約束事であり、恵美の悲願である。直治はすぐにその思いを打ち消していた。

「そう、良かった。ほんとに良かったわ。息子さんも、きっと喜んでいるはずよ」

娘は直治の心を見透かすように、優しい口調で、この山旅を肯定した。

「……お会いできて、良かった……」

直治には聞こえない、娘の呟きである。

直治はこの山旅の終わりまで、娘と一緒に歩き続けたいと思った。

「今度は、トシちゃんと涸沢で乾杯だ」

「おじさん、それまでに足を治さないと涸沢は無理だね。おじさん、凹んでいる時じゃないわよ。まだまだ頑張ってみせないと、息子さんが悲しむよ。生きている限りは、元気、元気、背中の息子さんがそう言っているよ」

娘は旧知の仲であるような口調で直治を励ました。直治も娘もそれ以上、話すことはなかった。二人は小さな沢を渡り樹林帯に分け入った。すぐに瓢箪池の淵に出た。瓢箪池は水鏡のように岸辺の木立を映し出し、神秘的な雰囲気を漂わせていた。淵沿いに敷かれた木道を過ぎ、谷筋の小尾根を下る。道は谷間の湿地に出た。雑木を通して微かに瀬音が聞こえてくる。瀬戸川が近い。

「お〜い　待ってくれ〜」

重いザックを背負い、軽快な足どりで先を行くトシの後ろ姿を追った。直治は俊哉と歩いた涸沢の夏を思い出していた。

（その俊哉も今は私の守護神である）

直治の守護神、それは直治の父母であったが、今では恵美や俊哉を加えてのことである。直治はその存在を信じ、心の支えとして多くの山旅を愉しんできた。

（自分一人では、どうにもならない危機を幾度も、未然に、あるいは結果的に、事なきを得た体験を重ねてきた。それはどう考えても、他力で守られているとしか思えない。出会ったばかりでトシと名付けたこの娘、春浅いこの季節に、若い女性が単独で雪山のロングルートを縦走することなど、どう考えても無理がある。ましてや、まだ開けていない山小屋もある中で……やはりトシの単独山行は不自然だ。これはきっと俊哉が私を気遣って遣わした守護神に違いない。だが、それを口にしたらトシはたちまち私の目の前から消えてしまうだろう）

そんな予感が直治を惑わせた。

軽快に先を行くトシを目で追った。

（とにかく今はトシに従い、後を追うのだ）

その姿は、さながら母親の後ろ姿を追う、幼子のようであった。背丈を越える藪を抜けると目の前が開け、瀬戸橋の赤い鉄骨が見えた。橋の袂に立った。瀬音は谷間を伝い走り、木洩れ陽は淵の淀みを深い蒼色に染めた。直治は橋の中ほどで大岩を振り仰いだ。岩棚の山ツツジは、蕾の先を薄く橙色に染めて谷風に吹かれている。直治は再び会うことの決してない山ツツジに、かつて感じたことのない愛おしさと哀れを覚えて佇んだ。

（山ツツジは岩棚に積もった僅かな土や岩溝へ懸命に根を張りめぐらして厳冬に耐え、春を待つ。いつの日か、成長が故に谷底へ吹き飛ばされる日がきっと来る。その時が来ても、瀬戸川は変わらぬ瀬音を響かせ、知らぬ顔をするだろう。自らを危機へと追いやる運命を知ってか知らでか、平然として春を待ち、花を咲かせる。それは生来の役割と疑うこともなく身を任せ、無心に生きているということか。それとも、岩棚に生きる宿命と観念して、無心で頑張っているのだろうか)

改めて山ツツジを見上げ、直治は思った。

(そんな山ツツジは、我が家族にどこか似ている。私は恵美の死を前にしてどんなに心を痛めても、ただ傍観するしかなく己の無力を思い知らされた。それでも残された私は生きていくしかない。これを夫々の運命だと、その一言で片づけていいのだろうか)

直治は霧の中に迷い込んだ気分であった。全身に強い疲労感を覚え、橋の中ほどに座り込んだ。見上げれば岩棚の山ツツジが目の前にある。直治は山ツツジに話しかけた。

「お前さんともこれで最後だ。いつも逢うのが楽しみだった……ありがとう…いつまでも頑張れよ」

「寂しいなぁ……今日が最後か！　俺は確かに〝岩棚の山ツツジ〟だけれども、自分の命、その先行きなどは考えないよ。そんなことを考え悩んでいたら、春に花など咲かせられないよ。今、こうして在ることを喜んで生きているんだ……悩むより感謝だよ……元気が一番だ」

山ツツジが直治に答えた。直治は無言で山ツツジを見上げた。

「おじさん、どうしたの？……大丈夫？」

橋の中ほどで座り込み動かない直治に、小休止を終え、ザックを背にしたトシが出発を促す声をかけてきた。

「もう少し休ませてくれ……疲れてしまった」

「そう、了解。ではもう少し休憩にします」

トシはそう言って、背中のザックを再び橋の袂に下ろした。直治は改めて岩棚の山ツツジを見上げ、明日の自分を想った。

(家族で凡々と過ごした日々は、恵美と俊哉の相次ぐ死に脆くも崩れ去った。手の平からこぼれ落ちる砂のように、それは呆気ないものであった。恵美の遺した一文についての拘りは解消した。たとえ夢の中であろうが、恵美の言葉を今は信じることができる。私は正体のわからない不安に、自覚もないままに猜疑心で自分を誤魔化してきた。これがために妻までも疑い、苦しんだ。その恵美に先立たれ、家族を失った。だが、今も私を苦しめまとわりつく無力感はどこから……こんなにも強い力を、秘めていた家族とは……)

直治は混乱した。

(私は恵美の書き残した一文に拘り、その底にある真意を見失っていた。家族を失ったことで家族の持つ無形の力を教えられた。家族は理屈抜きに絶対の信頼で繋がり、互いに通じ合う何かをもっている。

恵美が俊哉の死別にあれほどに嘆き悲しんだのも、正に理屈抜きでのことであった)

この思いは決して老い故の繰り言ではない。直治の心はスッキリしないままである。

(喜怒哀楽を共に家族で分かち合い迷うこともなく一途に働いてきた日々。息子や妻が逝った今、家族として過ごした痕跡として、私の内にも〝何かが〟残っているはずではないのか。それを力として、残された者は起ち上がれる。だが今の私は家に籠るだけである。

恵美や俊哉との死別が避けられない運命であったとしても、それが家族の消滅や崩壊であっては、あまりに惨めではないか）

直治は在りし日の家族を想った。それは日常の一コマであり、信頼に満ちた穏やかな家族の笑顔であった。直治は気づいた。それは自信と活力を与えた。

（幸せと家族は、切っても切り離せない関係にある。家族として長い時間を共に暮らし、感化し合って成長してきた。この見えない成長こそが、家族を成し懸命に生きた証しではないのか。であれば、この私自身が、その証しなのだ）

抜け出せなかった不安から解放されたと直治は強く感じた。もっと早くに気づけば……。直治は無性に恵美や俊哉が恋しく、すぐにも会いたかった。

（会いたい、会ってこの思いを伝えたい。たとえそれが夢の中であっても……昔のように、家族と一緒に愉しく生きたい。私は老いてゆく。だが老いには老いの相応しい生き方があるはずだ。堂々と現実を受容して生きよう。私には長く生きてきた経験とその知見があるではないか。老いを憂えることも、卑下することもない。私はいつも恵美や俊哉と一緒なのだ。独りではない。大丈夫だ、自信をもって生きるのだ）

直治は自分に言い聞かせていた。

（こんなにも晴れ晴れとした気分になれたのは、恵美や俊哉が揺れ惑う自分を導いてくれたからだ）

直治は心のモヤモヤから解き放たれ、明日に立ち向かう自信を取り戻していた。

その途端、爽やかな風音、木々の騒めき、絶間なく響く瀬音、それらが一斉に五官に飛び込んできた。

「おじさーん、さあ、出発するわよ。大丈夫⁉　まだまだよ、頑張って〜」

トシが呼んでいる。直治は足の痛みも忘れ、笑顔で手を振るトシの後を追った。

完

著者プロフィール

笹井 勝利（ささい かつとし）

1944年、新潟県に生まれる。
通信会社を定年退職の後、趣味として山登りを愉しむ。
好きな山は飯豊山系北股岳。
好きな作家は藤沢周平。
好きな言葉は「邂逅と別離」。

春の帰還

2024年５月15日　初版第１刷発行

著　者　笹井 勝利
発行者　瓜谷 綱延
発行所　株式会社文芸社
〒160-0022　東京都新宿区新宿1－10－1
電話　03-5369-3060（代表）
03-5369-2299（販売）

印刷所　図書印刷株式会社

ISBN978-4-286-24901-8